Les Naufragés d'YTHAQ

TOME 10 NEHORF-CAPITOL TRANSIT

Scénario de **Christophe ARLESTON**
Dessin d'**Adrien FLOCH**
Couleurs de **Claude GUTH**
Effets spéciaux de **Sébastien LAMIRAND**

SOLEIL

soleilprod.com
Participez à l'aventure !

© MC PRODUCTIONS / ARLESTON / FLOCH

Soleil Productions
15, Boulevard de Strasbourg - 83000 Toulon - France

Bureaux parisiens
25, rue Titon - 75011 Paris - France

Couverture d'après une conception graphique de Didier Gonord
Réalisation : studio soleil
Lettrage : Guy Mathias

Dépôt légal : Septembre 2012 - ISBN : 978-2-302-02280-5
Première édition

impression : PPO Graphic - Palaiseau - France

QUELQUE PART NON LOIN AU CENTRE DE LA GALAXIE, MEHORT, CINQUIÈME SATELLITE DE LA GÉANTE GAZEUSE JOVE, EST LE MONDE QUI DEPUIS DES SIÈCLES ABRITE TOUTES LES INSTANCES DE LA FÉDÉRATION...

FANTASTIQUE !...

...C'EST LÀ QU'ONT ÉTÉ CONDUITS NARVARTH ET GRANITE POUR UN DÉBRIEFING, AU RETOUR DE LEUR AVENTURE DANS UN UNIVERS PARALLÈLE.

...UN UNIVERS À PORTÉE DE NOS VAISSEAUX ! DES MONDES À COLONISER, DES RESSOURCES NATURELLES À EXPLOITER...

LA FÉDÉRATION VOUS DOIT BEAUCOUP, NARVARTH !

HUM... JE NE SUIS PAS CERTAINE QUE VOUS AVEZ BIEN SAISI LA POSITION DE NARVARTH, HAUT-COMMISSAIRE.

YEP !

JE SUIS LE SEUL À SAVOIR UTILISER CES CLEFS. SANS MOI, PERSONNE NE PEUT PASSER DE L'AUTRE CÔTÉ.

TWOMPHH!!!

SÉCURISATION !

TROIS HOSTILES À TERRE !

EXTRACTION DES CIBLES. NEUTRALISEZ HOSTILES.

VOUS... ÊTES QUI ?

DES ANGES GARDIENS.

DES MERCENAIRES ONT TENTÉ DE VOUS ENLEVER.

ET C'EST PAS CE QUE VOUS ÊTES EN TRAIN DE FAIRE VOUS-MÊME ?

NON, MOI JE VOUS METS EN SÉCURITÉ.

C'EST TRÈS DIFFÉRENT.

MESSIEURS LES SÉNATEURS, MES AMIS...

... BIEN DES RUMEURS ONT COURU CES DERNIERS TEMPS. J'AI ENTENDU ÉVOQUER DES CHOSES TOUT À FAIT FANTASTIQUES !

DES PREUVES EXISTENT !

QUELLES PREUVES ? DES JOURNALISTES À SENSATION NOUS ONT RACONTÉ DE MERVEILLEUSES HISTOIRES DE NAUFRAGÉS REVENUS D'UN UNIVERS PARALLÈLE, ET POSSÉDANT LES CLEFS POUR Y RETOURNER...

MALHEUREUSEMENT, RIEN DE TOUT ÇA N'EST VRAI.

ET TOUS CES VAISSEAUX QUI ONT DISPARU ?

DES ACCIDENTS.

VOUS MENTEZ ! VOUS MENTEZ AUX PEUPLES DE LA FÉDÉRATION !

DES INSULTES ! VOUS VOUS OUBLIEZ, BARON OARKLEF !...

...VOUS DÉSHONOREZ VOTRE RANG DE SÉNATEURE !

NE ME PARLEZ PAS D'HONNEUR ! VOUS CACHEZ AU PEUPLE DE FORMIDABLES RESSOURCES, DES MONDES NEUFS À EXPLOITER AU PROFIT DE LA FÉDÉRATION !

C'EST NERSHUDIL !

ON DIRAIT QUE NOTRE AFFAIRE FAIT GRAND BRUIT JUSQU'AU PLUS HAUT NIVEAU ...

LE MAHAL EST SANS DOUTE LE PLUS
LUXUEUX RESTAURANT DE NEHORF.
AFFAIRISTES ET MEMBRES DE LA
JET SET Y PARADENT POUR GOÛTER
UNE CARTE DE COCKTAILS
TOUJOURS SURPRENANTS.

UN DOUBLE
PULSAR À L'ŒUF
DE DONG !

ET UN BOL
DE KAWÉT !

MADEMOISELLE DÉSIRE SON
TONIC PLUTÔT DÉTENDU ?

NON, BIEN SERRÉ.

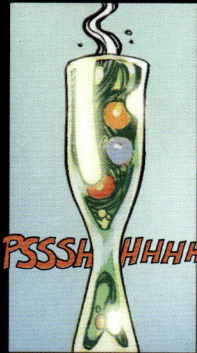

PSSSHHHHH

AH ! LE VOILÀ ...

BARON OARKLEF ...

ENCORE
VOUS ?

JE SUPPOSE QUE VOUS
DEMANDEZ DE NOUVEAU
À ÊTRE PAYÉE ?

J'Y TIENS
BEAUCOUP,
EN EFFET.

JE VOUS AI FOURNI TOUS
LES RENSEIGNEMENTS
DEMANDÉS ...

JE N'APPRÉCIE PAS QUE VOUS ME
HARCELIEZ JUSQUE DANS CE HAVRE
DE PAIX, MADEMOISELLE CALLISTA ...

... CEPENDANT, VOUS ALLEZ
AVOIR VOTRE ARGENT ...

20   ... JE NE SUIS PAS RESPONSABLE
DE L'INCOMPÉTENCE DE VOS HOMMES.

... CAR VOUS
ALLEZ ME
RENDRE UN
SERVICE ...

JE SUIS SARKIN'HR MAGREMORT. JE SUIS LA PLUS PUISSANTE DES CRÉATURES AYANT JAMAIS VÉCU.

JE SUIS LA SAGESSE ET LA VIOLENCE, JE SUIS L'ÉNERGIE ET LE POUVOIR, JE SUIS L'ÉTERNITÉ.

JE N'AVAIS PAS REVU CE CÔTÉ DE LA RÉALITÉ DEPUIS DES CENTAINES DE MILLIONS D'ANNÉES. JE SUIS SURPRIS PAR LA FORCE DE CES PETITES CRÉATURES NOUVELLES.

L'UNE D'ELLES ME RETIENT PRISONNIER DANS SON CORPS SI FRAGILE. EXILÉ DANS LES REPLIS DE SON DÉROUTANT CERVEAU DE POÈTE.

JE SUIS DÉSORMAIS UN SPECTATEUR MUET. ET JE RESSENS COMME UN VIOL CE QU'IL VIENT PUISER EN MOI.

SILENCE, SARKIN'HR !

... LA VENGEANCE ÉPERDUE AUX BRAS ROUGES ET FORTS A BEAU PRÉCIPITER DANS SES TÉNÈBRES VIDES DE GRANDS SEAUX PLEINS DU SANG ET DES LARMES DES MORTS ...

LE DÉMON FAIT DES TROUS SECRETS À CES ABÎMES, PAR OÙ FUIRAIENT MILLE ANS DE SUEUR ET D'EFFORTS.

LA HAINE EST UN IVROGNE AU FOND D'UNE TAVERNE, QUI SENT TOUJOURS LA SOIF NAÎTRE DE LA LIQUEUR ET SE MULTIPLIER COMME L'HYDRE DE LERNE.

LA HAINE EST LE TONNEAU DES PÂLES DANAÏDES ...

QUAND MÊME ELLE SAURAIT RANIMER SES VICTIMES, ET POUR LES PRESSURER RESSUSCITER LEURS CORPS.

AH! MAIS ON EST RÉVEILLÉ! ET ON PARLE TOUT SEUL?

MAIS LES BUVEURS HEUREUX CONNAISSENT LEUR VAINQUEUR ET LA HAINE EST VOUÉE À CE SORT LAMENTABLE DE NE POUVOIR JAMAIS S'ENDORMIR SOUS LA TABLE.

BRAVO! BRAVO! TRÈS JOLI!

KLAP KLAP

IL EST VRAI QUE L'ON EST POÈTE!

TOUS LES POÈTES SONT TELLEMENT BEAUX, N'EST-CE PAS?

ET PUISQU'ON AIME PARLER, ON VA PAPOTER AVEC SON AMI FLUDIO, HEIN, NORVARTH?

IL SENT PAS BON DE LA BOUCHE, FLUDIO.

OUI, MAIS ON VA DEVOIR SUPPORTER CE PETIT DÉSAGRÉMENT.

ET BEAUCOUP BEAUCOUP D'AUTRES, SI ON EST UN VILAIN GARÇON.

CONDUISEZ-LE AUX OUBLIETTES.

CLACK

BIEN SÛR, CES PETITS DÉSAGRÉMENTS SONT SUPPORTABLES LORSQU'IL S'AGIT DE SOI...

... MAIS TOUJOURS CONTRARIANTS LORSQU'IL S'AGIT DES AUTRES.

GRANITE !

PLUS TARD, LES ÉMOUVANTES RETROUVAILLES. NARVARTH A BESOIN DE RESTER CONCENTRÉ, HEIN, NARVARTH ?

MAIS...

PRENONS UN EXEMPLE : VOUS NE CONNAISSEZ GUÈRE CE GARÇON QUI A DE SI BEAUX YEUX, ET CEPENDANT...

... JE SUIS CERTAIN QUE CECI VOUS MET TRÈS MAL À L'AISE.

VOUS VOUS SENTEZ COUPABLE. VOUS SAVEZ QUE CE QUI LEUR ARRIVE EST DE VOTRE FAUTE.

GCHRR...

ÉVIDEMMENT, JE NE VAIS PAS TUER D'UN COUP LA FEMME QUE VOUS AIMEZ. NOUS ALLONS FAIRE DURER SA DOULEUR DES SEMAINES, DES MOIS...

NARVARTH ! NE LUI LIVRE RIEN.

SI VOUS LA TOUCHEZ EN QUOI QUE CE SOIT, VOUS N'AUREZ RIEN DE MOI ! JAMAIS !

COMMENÇONS PAR BRÛLER CHAQUE POIL DE CE JOLI VISAGE. C'EST SI DOULOUREUX...

JAMAIS ENTENDU PARLER DE LUI. C'EST CERTAINEMENT UN SOUS-FIFRE.

VOILÀ! NOTRE NOUVEL AMI KR5ZP7 EST REPROGRAMMÉ!

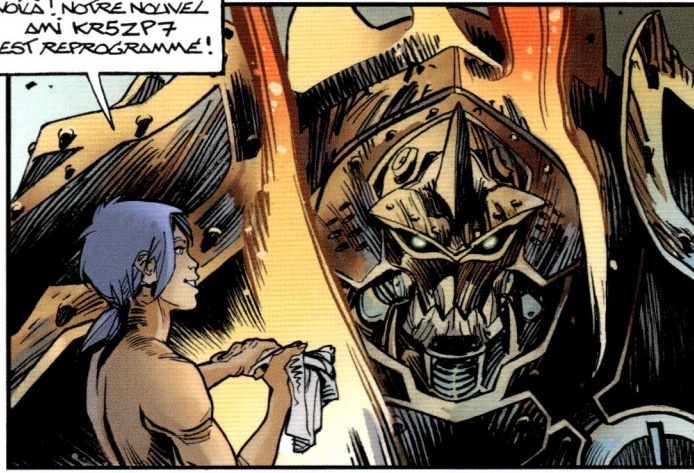

IL EST UN PEU CRAMÉ, MAIS ÇA VA ÊTRE UN BON GARÇON FIDÈLE ET OBÉISSANT, MAINTENANT!

TAP TAP

SWIIT SWIIT YUKIDOUKI MASTER.

LIBÈRE LES DEUX GENTILLES DAMES. POUR LA TROISIÈME QUI A SON AIR PINCÉ, ON VERRA PLUS TARD.

SWIIT.

HA HA! UN AIR PINCÉ! BIEN TROUVÉ! J'AURAIS MÊME PARLÉ DE BALAI MAL PLACÉ, MOI! HA HA!

MAIS... C'EST D'ELLE QU'ON PARLAIT, NON?

SWIIT.

J'AI PAS UN AIR PINCÉ! J'AI JAMAIS EU UN AIR PINCÉ! C'EST... INJUSTE! TROP INJUSTE DE DIRE ÇA!

NARVARTH! GRANITE! VOUS N'ALLEZ PAS ME LAISSER LÀ! VOUS AVEZ VU CE QUE CES GENS SONT CAPABLES DE FAIRE!

JE TROUVE ÇA ÉTRANGE QUE TU SOIS LÀ AU MOMENT OÙ ON NOUS ENLÈVE.

ET IL ME SEMBLE BIEN T'AVOIR APERÇUE DE LOIN AUX TERRASSES SARNIDES, PEU AVANT QU'ON SOIT ATTAQUÉS.

MAIS... PAS DU TOUT! C'EST DE VOTRE FAUTE SI JE SUIS ICI! VOUS ÊTES RESPONSABLES DE MOI!

VOUS DEVEZ ME SAUVER!

FRANCHEMENT, LÀ, JE LA SENS PAS.

BAH, C'EST CALLISTA, MAIS ELLE N'EST PAS MÉCHANTE!

OUI, AFFECTUEUSE COMME UN SCORPION.

'PIS 'FAUDRAIT TE DÉCIDER, UN COUP TU LA VOUVOIES, UN COUP TU LA TUTOIES!

ÇA PROUVE BIEN QU'ELLE NOUS EMBROUILLE SANS CESSE.

LA LAISSER ICI, C'EST LA CONDAMNER À MORT.

TU CROIS VRAIMENT?

TU PRENDRAIS LE RISQUE?

C'EST BON, LIBÈRE-LA. MAIS ON LA SURVEILLE...

...ET AU PREMIER SIGNE DE COUP FOURRÉ, JE LUI TORDS LE COU.

IL SEMBLE Y AVOIR UN DYSFONCTIONNEMENT AU NIVEAU K8, SER URQUARTH.

CHEZ FLUDIO?

EXACT, SER.

CE TARÉ N'ATTIRE QUE DES ENNUIS! LE PATRON NE DEVRAIT PAS LUI FAIRE CONFIANCE!

'Y A PLUS D'IMAGE DU TOUT, LÀ...

UN INDICATEUR A SIGNALÉ UNE BRUSQUE ÉLÉVATION DE TEMPÉRATURE, COMME UN INCENDIE, PUIS RETOUR À LA NORMALE EN QUELQUES SECONDES.

DEVONS-NOUS PRÉVENIR SON EXCELLENCE?

POK POK

24

IL Y A AUTOUR DE NEHORF CE QUE L'ON APPELLE LA CEINTURE DE CASINOS. PLUS DE CENT QUATRE-VINGTS ÉTABLISSEMENTS ÉVOLUENT EN ORBITE AUTOUR DE LA PLANÈTE, LOIN AU-DESSUS DES CONSIDÉRATIONS FISCALES.

EXCELLENCE ?

LE PLUS CÉLÈBRE ET LE PLUS LUXUEUX EST LE CROW'S, TEMPLE DU HASARD PLUS OU MOINS CONTRÔLÉ...

...ET DANS LE CROW'S, RARES SONT CEUX QUI ONT ACCÈS AUX SALONS PRIVÉS.

J'AI ENTENDU. JE RELANCE DE HUIT MILLIONS.

MISE TOTALE DE SON EXCELLENCE GNOSH KER MURDYNNE, DOUZE MILLIONS.

SANS MOI.

VOUS SEREZ TOUJOURS UN GAGNE-PETIT, MARQUIS.

ESTIMÉ YMELDO VON KRURGOR, VOUS AVEZ LA PAROLE.

DANS CE CAS, JE VAIS TENTER DE NE PAS VOUS DÉCEVOIR, BELLE ENFANT.

JE SUIS DÉJÀ UN DES HOMMES LES PLUS RICHES DE L'UNIVERS, ET VOUS DÉSIREZ ENCORE ACCROÎTRE MA FORTUNE !

JE DOUBLE. VINGT-QUATRE MILLIONS.

QUELLE GÉNÉROSITÉ, KRURGOR !

29

VE VOUS REMERFIE DU COMPLIMENT, EKFELLENFE !

MON AMI, VE NE VOUS SUIS PAS, VE VOUS PRÉCÈDE.

QUARANTE-HUIT.

VOUS FUIVEZ ?

QUARANTE-HUIT MILLIONS DE THOLS POUR SON EXCELLENCE...

... LA PLUS GROSSE ENCHÈRE JAMAIS ANNONCÉE AU CROW'S.

EN EFFET, F'EST PLUF QUE VE VAUT L'ÉVABLUFFEMENT LUI-MÊME. VE FUIS.

VOUS FUIVEZ ?

V'AI DIT VE FUIS, PAS VE FUIS !

MESSIEURS, VOUS POUVEZ DÉVOILER VOS VEUX.

FFEVALIER ET MAVE.

NOUS OBTENONS UN COMBO FFEVALIER DAME ET MAGE, POUR AFFRONTER...

... EXCELLENCE... ?

DEUX DRAGONS QUI SE VOIENT COMPLÉTÉS...

26

28

TRIO DE DRAGONS. DÉSOLÉE, ESTIMÉ YMELDO VON KRURGOR.

GAGNER EST TOUJOURS GRISANT...

...CETTE PARTIE NE VOUS LAISSE PAS TROP DÉMUNI, J'ESPÈRE ?...

...CAR JE SERAIS RAVI DE VOUS ACCORDER UNE REVANCHE...

MHHH... VE NE FAIS PAS SI VE PEUX ME LE PERMETTRE...

NE ME DITES PAS QUE JE SUIS RESPONSABLE DE VOTRE GÊNE ! JE M'EN VEUX AFFREUSEMENT !

MOI QUI ESPÉRAIS DEVENIR VOTRE AMI !

PEUT-ON ENTAMER UNE RELATION D'AMITIÉ AVEC CELUI QUI VIENT DE VOUS RUINER ? VOILÀ UN SUJET QUI DEMANDE RÉFLEXION...

VOUS AVEZ RAISON, CE SERAIT TERRIBLEMENT MALSAIN. VOIRE INCONVENANT. MAIS VOILÀ QUE ME VIENT UNE IDÉE...

JE VOUS RENDS VOS QUARANTE-HUIT MILLIONS ET L'AFFAIRE EST RÉSOLUE !

TCHIN ?

F'EST TOUT À FAIT VÉNÉREUX, EXCELLENFE. VOUS N'AVEZ POURTANT PAS LA RÉPUTATION D'UNE TELLE PRODIGALITÉ !

BAH, QU'EST-CE QUE QUELQUES MILLIONS DE PLUS OU DE MOINS ? JE SUIS INFINIMENT RICHE ET JE M'ENNUIE, KRURGOR.

VOUS N'AUREZ QU'À ME FAIRE LE RÉCIT DE VOS AVENTURES POUR ME DISTRAIRE, ET JE M'ESTIMERAI REMBOURSÉ MILLE FOIS !

DE MES AVENTURES ?

OH, JE SUIS SANS DOUTE TROP INDISCRET, PARDONNEZ-MOI !...

...MAIS ON MURMURE QUE VOUS ÊTES LE SURVIVANT D'UN NAUFRAGE SPATIAL, QUE VOUS AVEZ ÉTÉ RECUEILLI PAR UN VAISSEAU DE LA FLOTTE...

ATTENDEZ, TOUS LES DEUX. VOUS VOULEZ DIRE QUE VOUS AVEZ DÉTRUIT LES SEULES CLEFS D'ACCÈS À L'AUTRE UNIVERS ?
DES OBJETS QUI ONT TRAVERSÉ DES ÉONS NE PARTENT PAS EN FUMÉE COMME ÇA.
CE TRUC A RÉSISTÉ AU FEU... C'EST SOUPLE, COMME VIVANT...
QU'EST-CE QUE FLUDIO FAISAIT AVEC ÇA ?
ALLONS LE LUI DEMANDER ! À QUELLE HEURE, LA DERNIÈRE SAUVEGARDE DE MON PAUVRE PETIT FRÈRE ?
MOINS DE DIX MINUTES AVANT... L'ACCIDENT, EXCELLENCE.
ENCLENCHEZ LA SÉQUENCE DE RÉVEIL D'UN NOUVEAU CORPS.
IMMÉDIATEMENT, EXCELLENCE...
... SIRE FLUDIO SERA DE RETOUR PARMI NOUS DANS MOINS D'UNE HEURE.
FLUTHBLLLLL

IL FAUT Y RETOURNER.

ÇA M'ÉTONNERAIT QUE L'ENDROIT SOIT RESTÉ DÉSERT. À VOTRE AVIS, ON EST OÙ, LÀ ?

AUCUN PAYSAGE DE NEHORF NE RESSEMBLE À ÇA...

NOUS SOMMES SUR UNE LUNE PRIVÉE, UN DE CES MONDES ARTIFICIELLEMENT CONÇUS POUR ÊTRE SAUVAGES.

IL N'Y EN A QUE CINQ DANS LE SYSTÈME, ET ELLES APPARTIENNENT AUX HOMMES LES PLUS RICHES ET LES PLUS PUISSANTS DE LA FÉDÉRATION.

ET LÀ, ON EST CHEZ QUI ?

DIFFICILE À DIRE. PLUSIEURS PEUVENT AVOIR INTÉRÊT À VOUS ENLEVER. MAIS J'AI QUAND MÊME MA PETITE IDÉE.

LE NOM DE GNOSH KER MURDYNTHE VOUS DIT QUELQUE CHOSE ?

NON ?

C'EST NORMAL, IL EST TRÈS DISCRET. SANS DOUTE LA PLUS GRANDE FORTUNE DE LA GALAXIE. IL APPUIE LE MOUVEMENT LÉGITIMISTE DU BARON OORKLEF.

JE NE SERAIS GUÈRE SURPRISE SI ON ME DISAIT QUE MURDYNTHE ENVISAGE D'ÉTENDRE SON EMPIRE DANS DES UNIVERS PARALLÈLES.

RAISON DE PLUS POUR ALLER RÉCUPÉRER CES CLEFS.

LA MAUVAISE NOUVELLE, SI NOUS SOMMES BIEN CHEZ MURDYNTHE, C'EST QUE C'EST UN CHASSEUR.

ET ALORS ?

BIP BIP BWÜÜP

IL A PEUPLÉ SA LUNE DE DANGEREUX PRÉDATEURS POUR AVOIR LE PLAISIR DE LES PISTER.

34

VOUS VOULEZ DIRE... ON EST LÀ SANS ARMES ET CES BOIS SONT PLEINS DE BESTIOLES PRÊTES À NOUS CROQUER ?

C'EST L'IDÉE, OUI.

ET VOILÀ !

PWIIP

IL EST PROGRAMMÉ POUR NOUS DÉFENDRE ? C'EST ÇA ?

EUH... EN GROS, OUI.

POUR M'AIDER À RÉCUPÉRER MES CLEFS, AUSSI.

MAIS... IL NOUS LAISSE TOMBER !

REVIENS, FERRAILLE !

SWIIT.

ON PEUT SAVOIR À QUOI TU JOUES AVEC CE MÉCA ?

JE L'ENVOIE REJOINDRE SES COPAINS.

EYH ! DITES !

C'EST PAS... UN DES PRÉDATEURS, ÇA ?!?

PAS IMPOSSIBLE...

RESTEZ IMMOBILES !

MIAM SLUUURP

ON DIRAIT... QU'IL EST HERBIVORE, NON ?

FEUILLIVORE, EN TOUT CAS !

ATTENTION !

35

FOUTROUFIEL !

PASSEZ-MOI UN BRIQUET ! UNE ÉTINCELLE !

REFAIRE VOTRE NUMÉRO AU MILIEU D'UNE FORÊT DE RÉSINEUX ?

ON POUSSE !

UURRKSHH

J'Y SUIS !

HIN !

SSHHGLL

KAÏ KAÏ KAÏ

JE POUVAIS TOUT À FAIT MAÎTRISER UNE FLAMME PRÉCISE ET BRÛLER CETTE BESTIOLE !

DANDELLE A RAISON : UNE BRAISE PAR TERRE ET C'EST LA FORÊT QUI PREND FEU, ET NOUS AVEC.

DANDELLE A RAISON, GNA GNA GNA ! TU NE ME FAIS PLUS CONFIANCE, MAINTENANT ?

HA HA HA ! ÇA Y EST, ELLE EST ENCORE JALOUSE !

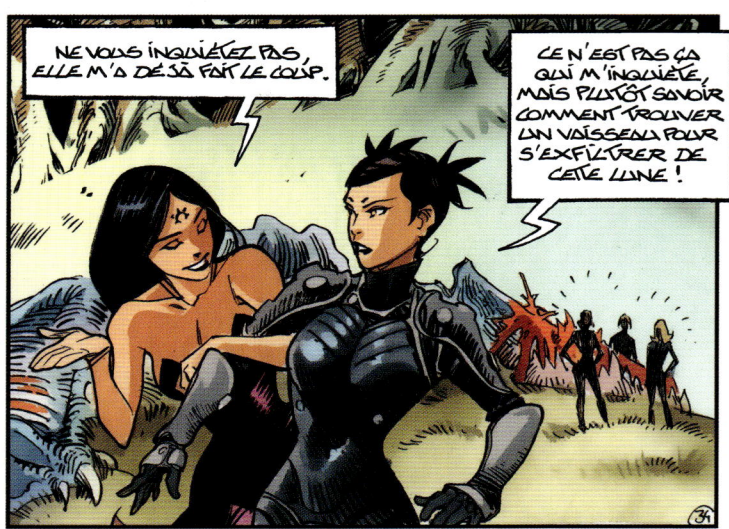

NE VOUS INQUIÉTEZ PAS, ELLE M'A DÉJÀ FAIT LE COUP.

CE N'EST PAS ÇA QUI M'INQUIÈTE, MAIS PLUTÔT SAVOIR COMMENT TROUVER UN VAISSEAU POUR S'EXFILTRER DE CETTE LUNE !

ÉLEVER LES CLONES EST STRICTEMENT INTERDIT PAR LA FÉDÉRATION. & LES CHARGER D'ENREGISTREMENTS MÉMORIELS EFFECTUÉS À INTERVALLES RÉGULIERS ÉGALEMENT.

MAIS LES RICHES SONT RAREMENT RESPECTUEUX DES LOIS...

AH !

SI FLUDIO SE RÉVEILLE ICI, C'EST QUE FLUDIO EST MORT !

MAIS QUI A TUÉ FLUDIO ? LE SI BEAU NARVARTH ?

J'ESPÉRAIS UN PEU QUE TU PUISSES RÉPONDRE À LA QUESTION, PETIT FRÈRE. QUEL EST TON DERNIER SOUVENIR ENREGISTRÉ ?

FLUDIO ALLAIT VERS LES OUBLIETTES POUR Y DÉPOSER NARVARTH.

LES AUTRES PRISONNIERS DE FLUDIO SONT TOUJOURS LÀ ?

JE CRAINS QUE NON, ET J'EN SUIS TRÈS DÉSAPPOINTÉ.

SAIS-TU CE QUE SONT CES TROIS BILLES ?

SWIIT

CE QU'ELLES SONT, FLUDIO L'IGNORE. MAIS NARVARTH LES CONSIDÉRAIT COMME UN BIEN FORT PRÉCIEUX.

ILS SONT BIEN PASSÉS PAR LÀ. LES DONNÉES ONT ÉTÉ BRICOLÉES IL Y A MOINS DE VINGT MINUTES...

LE TRAQUAGE THERMIQUE INDIQUE 3657 CRÉATURES VIVANTES DANS LE RAYON QUE DES HUMAINS AURAIENT PU PARCOURIR EN VINGT MINUTES.

ÉVIDEMMENT, STUPIDE MACHINE ! NOUS SOMMES EN PLEINE FORÊT...

JE VAIS LES PISTER À L'ANCIENNE, DÉSIREZ-VOUS VOUS JOINDRE À MOI, EXCELLENCE ?

C'EÛT ÉTÉ AVEC PLAISIR, URQUARTH, MAIS J'ATTENDS UN INVITÉ...

... NOUS TE LAISSONS LES PLAISIRS DE LA CHASSE.

ÇA Y EST, ILS SONT À NOS TROUSSES.

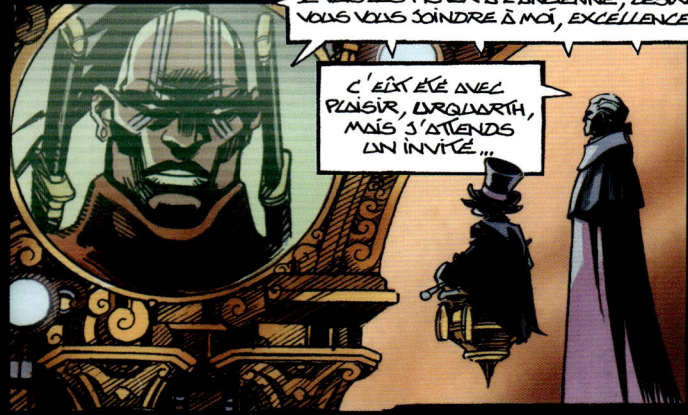

SI JE COMPRENDS BIEN, NOUS AVONS DEUX OPTIONS : FUIR SUR CE MONDE SAUVAGE...

... OÙ NOUS SERONS INÉLUCTABLEMENT RATTRAPÉS À UN MOMENT OU À UN AUTRE...

... OU RETOURNER VERS LE PALAIS DE CE MURDYNTHE...

... ET NOUS EMPARER D'UN VAISSEAU !

CES PALAIS SONT PROTÉGÉS DES BÊTES SAUVAGES PAR DES CHAMPS DE FORCE, IL VA FALLOIR TROUVER UN MOYEN...

... MAIS, MÊME SI NOUS NOUS EMPARONS D'UN VAISSEAU, LE PLUS DUR SERA DE PASSER LA CEINTURE DE SATELLITES DE DÉFENSE !

QUOI ?!?

ÉCOUTEZ, SOYONS RAISONNABLES ! CES GENS NOUS ONT CAPTURÉS EN VIE, ILS NE VEULENT DONC PAS NOUS TUER !

ON DEVRAIT DISCUTER CALMEMENT AVEC EUX, LEUR DONNER CE QU'ILS VEULENT ET RENTRER TRANQUILLE-MENT !

ELLE EST VRAIMENT BÊTE ?

OUI.

NORVARTH ! TU AS EU DES... SENTIMENTS POUR MOI PAR LE PASSÉ, NON ? TU NE VOUDRAIS PAS QUE JE MEURE ?

EXPLIQUE-LEUR !

SI TU NOUS LAISSAIS RÉFLÉCHIR, CALLISTA ?

IL FAUDRAIT CONNAÎTRE LA NATURE EXACTE DU CHAMP DE FORCE...

GÉNÉRALEMENT, IL ENVOIE DES IMPULSIONS DE DOULEUR POUR ÉLOIGNER LES BÊTES ET IL LES CARBONISE EN CAS DE CHARGE BRUTALE.

JE VOIS LE GENRE DE DISPOSITIF. IL N'EST PAS CONÇU POUR UNE ATTAQUE MASSIVE, JUSTE POUR UN USAGE DOMESTIQUE.

IL Y A UN COUP À TENTER : LE SATURER POUR LE FAIRE DISJONCTER.

EN JETANT DES CAILLOUX DESSUS, PEUT-ÊTRE ?

NON, ON VA PLUTÔT PROFITER DES QUALITÉS COMBUSTIBLES DE NOS AMIS LES RÉSINEUX...

AU MÊME INSTANT, SUR NEHORF, DANS SON BUREAU, L'HONORABLE HAUT-COMMISSAIRE À LA PROSPECTIVE NERSHUDÏL GÈRE SES RENDEZ-VOUS QUOTIDIENS...

SI JE COMPRENDS BIEN, VOUS CONTESTEZ LES QUOTAS DE PÊCHE INSTITUÉS DANS L'OCÉAN BORÉAL DE FRUNTHE ?

ILS SOUS-ESTIMENT NOS BESOINS !

CES QUANTITÉS ONT FAIT L'OBJET D'ÉTUDES DE NOS SERVICES AFIN DE PRÉSERVER UN ÉQUILIBRE QUI VOUS PERMETTE DANS L'AVENIR...

ON LES A RETROUVÉS !

?!?

EXCUSEZ-MOI, MES AMIS, JE VAIS EXAMINER VOTRE REQUÊTE AVEC LE PLUS GRAND SOIN, MAIS UNE URGENCE... VOUS COMPRENEZ...

EUH... AH... OUI.

C'EST ÉPUISANT DE DEVOIR PASSER DES SERVICES OFFICIELS AUX SERVICES OFFICIEUX...

... JE VOUS ÉCOUTE, ZISTAN.

NOUS AVONS ANALYSÉ TOUS LES MOUVEMENTS DE...

ABRÉGEZ.

ILS SONT CERTAINEMENT SUR LA LUNE PRIVÉE DE GNOSH KER MURDYNTHE.

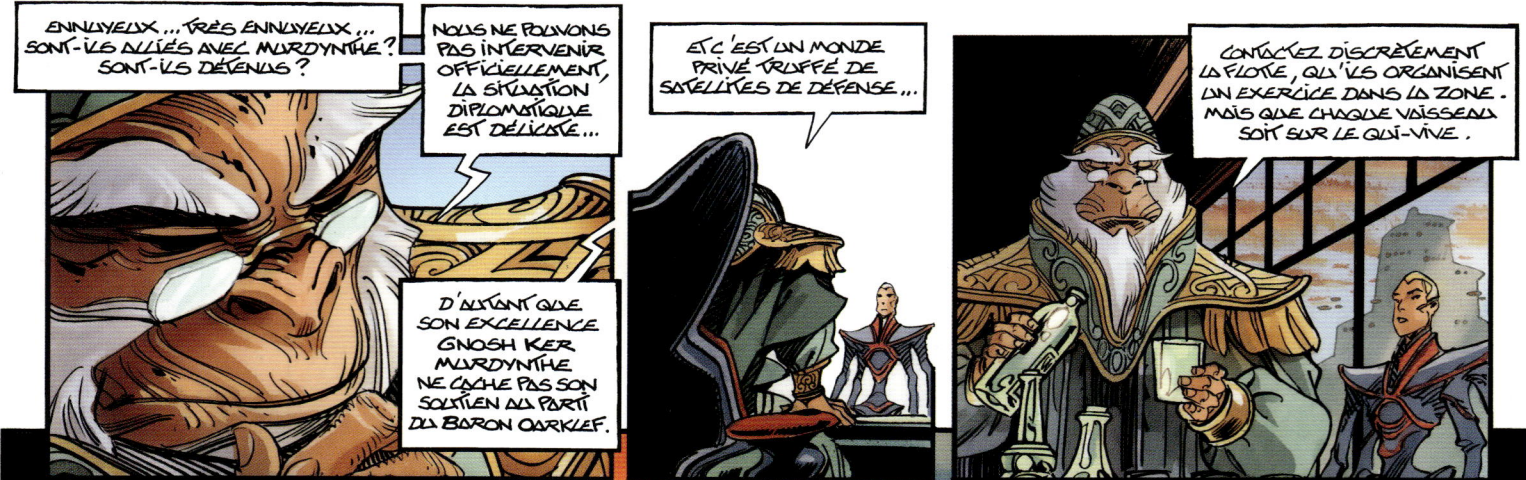

ENNUYEUX... TRÈS ENNUYEUX... SONT-ILS ALLIÉS AVEC MURDYNTHE? SONT-ILS DÉFENDUS?

NOUS NE POUVONS PAS INTERVENIR OFFICIELLEMENT, LA SITUATION DIPLOMATIQUE EST DÉLICATE...

ET C'EST UN MONDE PRIVÉ TRUFFÉ DE SATELLITES DE DÉFENSE...

CONTACTEZ DISCRÈTEMENT LA FLOTTE, QU'ILS ORGANISENT UN EXERCICE DANS LA ZONE. MAIS QUE CHAQUE VAISSEAU SOIT SUR LE QUI-VIVE.

D'AUTANT QUE SON EXCELLENCE GNOSH KER MURDYNTHE NE CACHE PAS SON SOUTIEN AU PARTI DU BARON OARKLEF.

TROISIÈME FOYER...

ÇA DEVRAIT ÊTRE SUFFISANT.

À LA CLÔTURE MAGNÉTIQUE, VITE!

BRRÜÜRRHHHHH

UN INCENDIE! ÇA NE PEUT PAS ÊTRE ACCIDENTEL! ILS TENTENT UNE DIVERSION!

ALERTEZ LES VAISSEAUX-POMPES!

SKWWIIIRKZ

40

BRRUURBROOOMMMLLMMMM

EFFRAYÉS PAR LES FLAMMES, LES ANIMAUX FUIENT...

...ET C'EST UNE VÉRITABLE CHARGE QUI ARRIVE SUR LE BOUCLIER.

SKRIIITSHZZZ

BROW MMM

SKRIIITTSSHHZZZ

LE BOUCLIER LES ARRÊTE !

POUR LE MOMENT...

C'EST NOUS QUI ALLONS CRAMER !

QU'Y A-T-IL ENCORE, URQUART ?

UNE ... CONTRARIÉTÉ, EXCELLENCE.

EH BIEN RÉGLEZ ÇA, MON VIEUX ! J'ATTENDS MON INVITÉ D'UNE MINUTE À L'AUTRE.

BOUCLIER MAGNÉTIQUE SATURATION 78%
ACCROISSEMENT CHARGE 3 MÉGA/SECONDE
DÉRIVATION ENERGÉTIQUE ASSURÉE
DÉRIVATION INSUFFISANTE
SURCHARGE IMMINENTE
TEMPS DE DISRUPTION ESTIMÉ 9 SECONDES
AVANT RECHARGE

ET EN EFFET ...

SKRIÏTSSH

...IL CÈDE.

SHTZESHTZZZZZZ

MAINTENANT !

REPRISE 6 SECONDES
ESTIMATION DÉGÂTS EN COURS
RÉACTIVATION BOUCLIER
CHARGE 98%

DE JUSTESSE !

42

VOUS ÊTES SANS DOUTE LE BEAU NARVARTH QUI PLAÎT TANT À MON FRÈRE FLUDIO ?

VOS CAMARADES VOUS ACCOMPAGNENT ?

MORTS DANS L'INCENDIE. JE SAIS QUE JE SUIS COINCÉ SUR VOTRE LUNE PRIVÉE, ALORS AUTANT COLLABORER...

D'AUTANT QUE JE NE SUIS PAS LE SEUL, ON DIRAIT.

HUM...

BIEN SÛR QUE VOUS ALLEZ COLLABORER.

DÉSOLÉ, KRURGOR, L'ARRIVÉE INOPINÉE DE CE GARÇON ME CONTRAINT DE MODIFIER MON COMPORTEMENT À VOTRE ÉGARD.

C'EST INADMISSIBLE !

VOUS SAVEZ CE QUE JE VEUX.

TOUS LES RENSEIGNEMENTS CONCERNANT L'UNIVERS PARALLÈLE QUE VOUS AVEZ DÉCOUVERT, ET LE MOYEN D'Y ACCÉDER.

FLUDIO AIMERAIT VOUS TORTURER POUR OBTENIR TOUT ÇA. C'EST SON TRUC, LA TORTURE.

MOI, JE SUIS PLUS PRAGMATIQUE. LA TECHNOLOGIE PERMET DE GAGNER BEAUCOUP DE TEMPS.

BAH, FLUDIO LES TORTURERA APRÈS, FLUDIO A UNE VENGEANCE À RÉGLER.

À PROPOS DE TECHNOLOGIE, AUCUNE ANALYSE N'A PU ME RENSEIGNER SUR CES OBJETS. J'ATTENDS LÀ AUSSI DES RÉPONSES.

MON FRÈRE AIME TRICHER...

...AVEC ÇA, IL VA LIRE DIRECTEMENT DANS VOTRE TÊTE CE QUE VOUS AURIEZ AVOUÉ À FLUDIO, ONGLE APRÈS ONGLE, COUPURE APRÈS COUPURE.

UN EMPATH ? CET OBJET N'EST DONC PAS UNE LÉGENDE ? IL PEUT DÉCRYPTER LES ESPRITS ?

À PARTIR D'UN CERTAIN PRIX, LES LÉGENDES PRENNENT VIE, KRURGOR. CE JOUET M'A COÛTÉ LA VALEUR DE PLUSIEURS MONDES.

JE TE LAISSE LE CONTRÔLE. SORS DE TA TANIÈRE.

JE SUIS LÀ, JE NE DORS JAMAIS, NARVARTH.

C'EST ÉTRANGE, SON CERVEAU N'ÉMET RIEN D'AUTRE QU'UNE PULSATION, UN SIFFLEMENT...

...C'EST DÉSA-GRÉABLE...

FLUDIO VA AIDER AVEC UN TRUC QUI COUPE. LE SOLI POÉTÉ N'AIME PAS LES TRUCS QUI COUPENT.

VOTRE MACHINE CROIT POUVOIR PÉNÉTRER MON ESPRIT, MAIS ELLE ME DONNE AU CONTRAIRE LE MOYEN D'ATTEINDRE LE VÔTRE, MISÉRABLES PETITS HUMAINS!

SKRIISZZZHH

EYH! CE TRUC DÉCONNE! DÉBRANCHE-LE!

IMPOSSIBLE! IL NE RÉPOND PLUS!

EEERHHGGHAHHHHHHH

MA TÊTE VA EXPLOSER!

NNHURHH

JE NE FAIS PAS CE QUE TU LEUR AS FAIT, MAIS BRAVO! NARVARTH! TU M'ENTENDS?

NARVARTH! DIS QUELQUE FOIS!

AU-DESSUS-DES-ÉTANGS-SWIIT-AU-DESSUS-DES-VALLÉES-TE-MONTAGNES-DES-SWIIT-BOIS-DES-NUAGES-DES-MERS-SWIIT-PAR-DELÀ-LE-SOLEIL-PAR-DELÀ-LES-ÉTHERS-PAR-DELÀ-LES-CONFINS-DES-SPHÈRES-ÉTOILÉES-SWIIT-

SWIIT-SWIIT-

MON-ESPRIT-TU-TE-SWIIT-MEUS-AVEC-AGILITÉ-ET-COMME-UN-BON-NAGEUR-QUI-SE-PÂME-DANS-L'ONDE-TU-SILLONNES-GAIEMENT-SWIIT-SWIIT-L'IMMENSITÉ-PROFONDE-

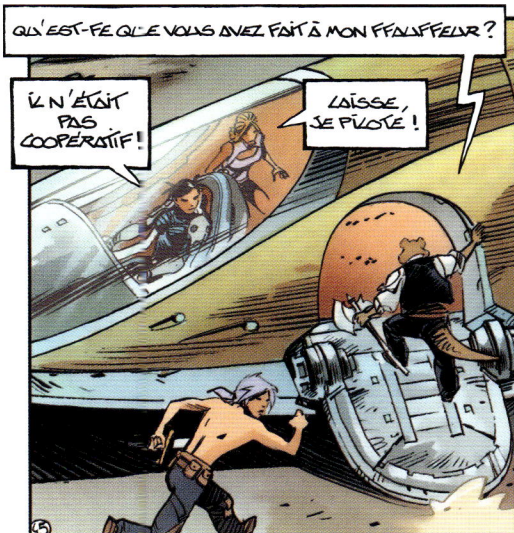

FÉLICITATIONS, AMIRAL !

BIEN SÛR, VOUS SEREZ OFFICIELLEMENT RÉPRIMANDÉ POUR CETTE MALENCONTREUSE ERREUR DURANT LES MANŒUVRES.

UNE TERRIBLE MALADRESSE, JE LE RECONNAIS, HAUT-COMMISSAIRE.

NOUS PRÉSENTERONS AU NOM DE LA FLOTTE TOUTES NOS EXCUSES À SON EXCELLENCE GNOSH KER MURDYNTHE.

RETOUR À NEHORF ?

OUI, MAIS ON VA VOUS METTRE AU VERT UN MOMENT...

...TROP DE GENS S'INTÉRESSENT À VOUS, PAR ICI.

PROCHAIN ÉPISODE :
L'HALEINE DE L'OGRE

SCÉNARIO : ARLESTON.
DESSINS : FLOCH.
COULEURS : GUTH.
EFFETS : LAMIRAND.
LETTRAGES : MATHIAS.